HÄNDLER, HEUCHLER, HALBWAHRHEITEN

∽

GEDICHTE

SIMON ACKERMANN

© 2017 Simon Ackermann
Erste Auflage
Herstellung und Verlag:
BoD – Books on Demand, Norderstedt
ISBN 9783743197343
Printed in Germany

Sie haben dieses Buch bereits gelesen?
Es hat Ihnen gefallen?
Dann empfehlen Sie es weiter.

Hat es Ihnen nicht gefallen?
Dann empfehlen Sie es doch Leuten,
die Sie nicht mögen, dann sollen die es eben lesen.

Sie möchten mir etwas mitteilen?
Tun Sie dies unter: liebezornundsuehne@gmx.ch

Und übrigens, es gibt noch ein anderes Büchlein!
Es heisst „Liebe, Zorn & Sühne"

Ansonsten wünsche ich viel Vergnügen mit
Händler, Heuchler, Halbwahrheiten

Illusion der Vielfalt

In der Stadt, beim Türkchen,
bei Hundefutter, für die Katz,
kauft ich saure Gürkchen
ein für meinen lieben Schatz.

Ich trug sie heim, die Tür ging auf
und wir beide tranken
den jungen Wein und Sparfuchskauf
und assen diese Gürkchen auf,
die auffällig stark nach Deo stanken.

Zwei Tüten Chips um uns zu nähren,
die fettigen, die jeder kennt,
sie lebten getrennt, in Atmosphären,
wartend auf ihr Happy-End.

Kein Zucker, doch dafür Aspartam,
solang das Hamster-Rad sich dreht,
so hält das Rattengift uns warm
bei der strikten 0-Kalorien-Diät.

Der Krebs im Fisch, noch einzig frisch,
hatte schon zahlreiche Ableger dran,
weil er ausm Meer, ins Netz, zum Tisch
noch vorbei an Fukushima schwamm.

Die Zahnpasta war... wie soll man es sagen,
sie roch nach Ziegen und nach toten Raben;
Die zu viel Fluor und Zufall im Körper tragen,
weil sie ALLE denselben Hersteller haben!

Liebesgedicht III

Du hast wirklich schöne Haare
und du hast so weiche Haut.
Gehst mit Hunden an die Aare
und hast damit mein Herz geklaut.

Du bist dazu noch sehr charmant
und kennst dich gut mit Menschen aus,
wirkst überhaupt nie arrogant
und hast ein wirklich schönes Haus.

An Heirat hab ich auch gedacht!
Irgendwann, dann kommt der Tag –
Die Pläne hab ich längst gemacht!
Nur schade...
dass dich meine Frau nicht mag.

Viel Glück, viel Spass

Jesses, ihr habt es nicht gewusst?
Jungs, dann habt ihr was verpasst!
In eurem Haus, da starben Leute,
einer hatte seine Frau gehasst!

Sie hat ihn jahrelang betrogen,
drum schlug er sie im Keller nieder
und floh dann später aus dem Haus,
denn sie erschien ihm immer wieder.

Er sagte auch, er höre Stimmen
und im Keller hätte ein Baby geweint,
auf der Treppe seien Schritte zu hören
und ich weiss, er hat es ernst gemeint!

Doch nichts für ungut - ich muss weiter!
Einen schönen Abend wünsch ich noch,
viel Glück euch Dreien, in der Schule
und später mit dem Rentenloch :)

Das Schloss

Hör mir zu, mein lieber Schatz,
für jede Scheisse, die du baust
als Kind - bekommst du einen Klaps,
als Erwachsener jedoch eine Faust!

Und wisse, auch als kleines Kind
wär das Schlimmste was passiert,
wenn man dir dein Spielzeug nimmt,
ein Erwachsener - Wird sanktioniert!

Und als Letztes, sollst du wissen,
nur mir alleine kannst du trauen.
Von mir wirst du niemals beschissen,
ich werde immer zu dir schauen.

Leute

Ihr Bruderherz dort und die Schwester,
die Älteste, erst Erstsemester
und da waren noch zwei Schwestern,
doch die eine ging erst gestern.

Doch es gibt noch drei Cousinen,
alle drei, drei kesse Bienen.
Die alle jeweils Brüder hatten
und Eltern, Katzen, Ehegatten.

Gewiss auch Töchter oder Söhne
und in der Regel schlechte Löhne,
noch im Gesicht den Maschendraht,
dem lange noch kein Ende naht.

Freund des Freundes, den man kannte,
Schwiegerschwager und die Tante,
sie hatten sich sehr gut gekannt,
schliesslich waren sie verwandt.

Der Raum

Ich hatte kürzlich einen Traum,
ich stolperte in einen Raum,
der mir, ohne Fenster, ohne Türen,
verweigerte ihn zu passieren.

Ich lehnte mich an eine Wand,
mit der meinen einen Hand
und sodann so gab sie nach
indem sie einfach niederbrach.

Dahinter war ein Raum zu sehn
und mich, am Rande dessen stehn
und was ich etwas ulkig fand -
ich lehnte mich an eine Wand.

Schlafliedchen

Mein liebes Kind, so schlaf nun ein
und lausch durchs Fenster dem Sonett,
die Nacht, sie wird dein Hirte sein,
das Monster unter deinem Bett.

Mein liebes Kind, so schlaf nun fein
und denk im Köpfchen, all die Stern'
müssen für immer dort oben sein
und glaub mir Kind, sie sinds nicht gern.

Mein liebes Kind, nun träume schön
und nimm für dich das grösste Stück,
ob du erwachst, wir werden sehn,
ich wünsch dir dafür alles Glück.

Zahnpflege

Erst neulich ging die Paste aus,
um meine Zähne sanft zu pflegen,
darum verliess ich dann das Haus,
um mich zum Einkauf zu bewegen.

Ich sprach da den Verkäufer an
und liess mich daraufhin beraten,
darüber, welche Paste wie viel kann
und welche sich dabei vertaten.

Er hatte mich dann aufgeklärt
wie wenig sie die Zähne pflegen
und zudem, wie man rasch erfährt
wie viel Chemie sie in sich hegen.

Auch sagte er, woran man sieht
wie schädlich sie tatsächlich ist,
die Farbe zeigt den Unterschied
und zeigt wie rasch das Gift dich frisst.

Doch je nach Inhalt ist es gut,
denn so kann man erahnen,
dass man daran am besten tut
den Tod ins Pflegen einzuplanen.

Im Stroh

Ich ging spazieren, hoch im Norden
und konnte wilde Bären sehen,
der eine war mein Freund geworden
um durch die Wüste durchzugehen.

Da gab's auch Fallen, er trat hinein,
in ihm begann es sich zu biegen,
der Knochen brach aus seinem Bein
und der Bär kam zum erliegen.

Da war er nun, schon Aas in Spe
und kämpfte lange um sein Leben,
auf wenig Fläche, rotem Schnee
und hatte es nicht aufgegeben.

Aber er führte seine Reise fort,
jedoch nicht in einem Stück,
verliess das Unheil, jenen Ort,
doch eine Pfote blieb zurück.

Er schleppte sich zu einer Scheune,
fiel mit der Schnauze dort ins Stroh,
entschwand in seine letzten Träume...

Warum sind die Menschen so?

Ich denk noch oft an diesen Bären,
doch irgendwo, da wurd mir klar,
um's mir nicht weiter zu erschweren,
er hat es ja so gewollt –

Nicht wahr?

Miss Baselland

Ich warf ihn gestern aus dem Haus,
diesen steifen, alten Widerling,
Schwester, du glaubst nicht wie sehr...
wie derbe ich in Rage bin!

Er ging mir sieben Jahre fremd
und der Nichtsnutz wurd entlassen
und dieses kleinkarierte Hemd,
hab ich dann auch noch kommen lassen!

Vor drei Tagen sassen wir noch hier,
ich wünscht, ich könnts vergessen,
wir sprachen über die Kinder und
haben Sauerkraut und Wurst gegessen

und weisst du, was das Schlimmste ist?
Es traf mich, wie ein Kopf die Wand,
wie konnt der Wichser es nur wagen -
Keiner betrügt eine Miss Baselland!

Human Ressources

Heute wurd' ein Plätzchen frei
gefolgt von einem stummen Schrei,
irgendeiner wollte geh'n,
drum hiess es bald - auf Wiederseh'n.

Nachdem sich unsre Wege schieden,
wurd' eine Stelle ausgeschrieben
und dies ist heute nicht mehr schwer,
geregelt wird's dank Briefverkehr.

Nicht jeder lohnt sich zu ersetzen,
ein heikles Spiel dies einzuschätzen,
es klappt nicht immer, das ist klar,
doch zum Glück ist jeder austauschbar.

Die Gunst wird häufig dem geschenkt
der andere aus dem Rahmen drängt,
so ist meist der, der lauter brüllt
auch der, der das Profil erfüllt.

Terrormiezen

Von all den vielen Terrormilizen,
wovon ich nicht mal alle kenn`,
mag ich die USA am liebsten,
mehr als Greenpeace, ISIS und UN!

Ich halt auf jeden grosse Stücke,
der Gewalt mit Bomben dämpft,
auf die Transatlantik-Brücke
und jeden der für Frieden kämpft!

Doch gestern war mir was passiert!
Ich fiel beinahe aus dem Schuh -
Da hat der Staat mich terrorisiert!!
Noch mehr als die Habgier

und die EU!

Ich will, weil ich ums Leben bang,
dahin, wo keine Uhren ticken,
mit einer Frau an meiner Hand,
die nicht aufhören kann
herumzuzicken.

Lass sie nur

Lass die Leute nur verblöden,
lass die Gier ihr Bestes tun,
hab Vertrauen in die Böden,
bald versinkt das Königtum.

Lass den Lügnern ihre Lügen,
lass sie die Gründe leeren,
ihnen wird es nie genügen...
ihre Gier wird ewig währen...

Lass die Staaten nur entstehen
und die Restlichen zerfallen.
Doch ich werde mit dir gehen,
als das Tuch, dich daran festzukrallen.

Lass mich nur dein Felsen sein,
denn ich täusche nur mich selber,
sei du der Schatten auf Gestein,
im weichen Wind durch grüne Felder.

Der Warenhändler

Der Warenhändler mag den Laden
und es fällt ihm gar nicht schwer,
mit süssen Früchtchen, Marmeladen,
gewappnet für den Stossverkehr.

Er will auch das es sauber bleibt,
das Sortiment gern schmal und flach
und dass er schwarze Zahlen schreibt -
dies alles unter dichtem Dach.

Den Aufschnitt will er zart und fein,
wohl hasst er's, wenn die Leute klauen -
alles in allem, schön sollt es sein -
und genauso mag er seine Frauen.

Plastik

Weil Makelloses mir gefällt,
leb ich in meiner Plastikwelt
und danach nur steht mir der Sinn,
weil ich genauso unecht bin.

Ich mag das Reine, schönen Schein,
zu schwer ist es, mich selbst zu sein,
doch Milde kommt - hab ich's vertan,
dank meiner Haut wie Porzellan.

Ich leb fernab auf meiner Insel,
aus Krebsgeschwür und Blutgerinnsel
und werde euch die Bilder zeigen,
vom türkis-blauen, klaren Meer
und von all den Gummibäumen...
die wohlig sich im Winde neigen.

Chefsache

Der Chef der Model-Agentur
warf Köder aus für Pop-Kultur,
platzt selber bald aus allen Nähten
und frisst die Fische mitsamt Gräten.

Der Chef von der lokalen Polizei
kommt häufig bei Verdacht vorbei,
wo er dann fahndet, kombiniert,
oder sich ein Brötchen schmiert.

Auch beim Chef vom Extrablatt
das immer die lausigsten Lügen hat,
dessen lästiger Druck so sehr pressiert,
läuft die Maschine nur geschmiert.

Der Chef der einen Notenbank,
eine Krawatte vor dem Kleiderschrank,
versieht die Scheine mit dem Wert,
den die Welt, so Gott will, niemals erfährt.

Der Chef vom Nahrungsproduzent,
der sich einer der ganz Grossen nennt,
bei ihm stimmts mit der Chemie -
drum fault auch seine Ware nie.

Der Handwerker

Auch heute gilt noch grosse Gunst
der königlichen Handwerkskunst,
dem Arbeitsmarkt und dem Verleih
und gewiss der Maurerei.

Ich denke, dass er wohl versteht,
wie man einen Zirkel dreht -
dank guter Dinge und mit Glück,
kommt alles irgendwann zurück.

Ich mag es wie er ungeniert
die Gesellschaft renoviert,
für Schall und Rauch kein Feuer fängt,
es sei denn, seine Werkstatt brennt.

Fisch

In der Früh, ich sass im Zug,
als es noch nicht mal sieben schlug,
war noch schläfrig, noch nicht klar,
als jemand zugestiegen war.
Es war ein etwas jüng'res Wesen,
begann ihr Horoskop zu lesen,
aus der Zeitung, auf dem Tisch,
Betroffene des Zeichens Fisch.
Sie tat's nicht etwa stumm für sich,
nein, quasi war es öffentlich
und wie sie über's Schicksal klagte,
drehte ich mich um und sagte:

Bitte, schenk mir dein Gehör -
wenn du ein Fisch wärst,
dann ein Stör!!!

Schäkel

Um hier allein mit dir zu sein
in deiner Augen Sternenschein,
so träumt ich unser beider Leben
und jede Statik aufzuheben.

Noch einsam sitzen da zwei Eulen,
entlang der Strasse, auf zwei Säulen,
sie würden gern beisammen sein,
doch beide Säulen sind zu klein.

Wir zünden gern ein Kerzchen an
für jeden, der's nicht selber kann;
Denn zwischen Kirschen und Holunder,
da wirken wir zwei wahre Wunder.

Noch sind uns die Gedanken frei,
besonders heut, am ersten Mai,
da keine Schäkel, die uns zähmen,
oder uns die Freiheit nehmen!

Der Terrorist

Ich hab es oft als Kind gedacht,
was vielleicht auch gar nicht stimmt:
Glücklich ist - Wer täglich lacht
und andre auch zum lachen bringt.

Ich dachte auch, da war ich Kind
und habs nie auf den Punkt gebracht,
wie seltsam doch wir Menschen sind
und wie das Geld uns anders macht.

Ich habe dann oft nachgedacht,
man hatte ja viel Zeit als Kind,
was den Mensch zum Menschen macht
und was daran zum Himmel stinkt.

Verstand es nicht, ich war ein Kind,
wollt mich nicht dazu bequemen,
bis ich erkannte – glücklich sind
nur jene, die sich alles nehmen.

Der Frost

Der Frost, heut Nacht, hetzt hoch zu Pferde
und peitscht die Kälte durchs Geäst
und diese flieht, tief in die Erde,
wo sie schon bald, von Schnee bedeckt,
das Leben friedlich ruhen lässt...
Bis Frühling es aufs Neue weckt.

Ohne Rast

So viele Zeichen stehen auf rot,
auf all den Meilen ohne Rast,
entlang dem frühsten Fahrverbot
das du hier gelassen hast.
Auch über der Asphaltstruktur,
hält Regen meine Sicht verschwommen
und ich fahr durch tausend Geister, nur
um vor Morgenrot zu dir zu kommen.

Ausgespielt

Viele Leute hört man fragen:
Wann gehts den Bösen an den Kragen?
Ach, der Mensch - und seine Streiche...
Die Bösen fragen sich das gleiche.

Der Apfel

Wer im Laden keinen Apfel sieht,
der gehe nur dem Trakt entlang,
folgt dem Geruch von Pestizid
und stellt sich bei der Schlange an.

Notenbank

Wisst ihr, ich verliere nie,
bin der Beste - In Monopoly
und alle Gegner ziehen blank,
denn ich spiel die Notenbank.

Gemunkel

Durchs Dächlein hatte es gemunkelt
die Nacht sei da, es hat gedunkelt
und es lastet nicht mehr schwer -
wir werfen keine Schatten mehr.

Der Fahrer

Er war bemüht, als Lasterfahrer,
doch wurde stetig untragbarer.
Nur kompetent im Teilbereich,
zu viele Laster – tief im Teich.

Ein Haus

Jeder ist stark, im Kreise der Seinen
und andere schliesst man lieber aus.
Drum bewerft mich nur mit Steinen,
denn daraus bau ich mir mein Haus!

Aktionen

Da gab's ein Schild, deshalb auch Leute,
drauf stand, es sei der letzte Schrei,
kaufen sie hier diesen Einkauf noch heute
und sehen sie Morgen anstelle dann zwei.

Beförderung

Wenn Morgen ihre Lieferfrist
erneut nicht einzuhalten ist,
steht die Beförderung ins Haus
und zwar, von ganz oben -
aus dem Fenster raus.

Schreinerei

Eines Schreiners grösster Stolz
ist das Mahagoni-Holz
und zum Schleppen grösste Qual
ist die Eiche-Rustikal.

Treibgut

Wie mit mir die Welle brach,
sie dann säuselnd zu mir sprach;
Hab Vertrauen, gib nicht auf,
dies gehört zum Lebenslauf.

Untauglichkeit

Man rief mich auf zum Militär,
zum Zeitvertreibe mit Kanonen,
doch die Gewalt missfiel mir sehr,
wie stumpfes Fliegen schnöder Drohnen.

Enten

Wisst ihr, was ich spannend find?

Nicht alle Enten werden Schwäne,

weil sie viel lieber Enten sind.

MC Silikon

Liebe Leute, wusstet ihr schon,
wir frittieren Fritten mit Silikon!
Doch dankt uns später für die Gaben
und dafür, dass Männer Titten haben.

Freitag der 13.

Der Freitag traf mich wie ein Schlag,
doch mir fiel auf, wie wir so spielten,
dass ich selbst den 13. viel lieber mag,
als den Montag, den egalwievielten.

Schulden

Bitte, lass uns nicht im Stich.
Leb' weiter! Musst dich nur gedulden,
ja, glaube mir, wir brauchen dich -
denn wer begleicht sonst deine Schulden?

Tod & Steuer

Bald besteuert mich ein Staat,
auch dich, wenn du verwachsen bist,
den ich noch nicht mal nutzen mag
weil er mir leicht zuwider ist.

Bio-Strom

Mein Gehöft hat seinen Charme,
es ist meine kleine Hühnerfarm
und weil ich gern die Umwelt schon',
zerschredder ich die Küken
mit Bio-Strom.

Können

Ich kannte einmal einen Mann,
der stets nur konnte, was er kann,
für mich jedoch war sonnenklar,
er wird stets bleiben - was er war.

Berlin

Hier, in dieser Atmosphäre
herrschen Grauen und Misere.
Das Grauen - ist ein Mann, in grau.
Und die Misere - Eine Frau.

Verkniffen

Im Gegenzug zu Pandabären
haben Hummer grosse Scheren
und können es sich nicht verkneifen,
mit ihnen auch mal zuzugreifen.

Geschnatter

Ach, Charlotte, grüsse dich!
Sag, wie geht es deinem Sven?
Ihr wart im Urlaub, hörte ich,
erzähl doch mal, wie war es denn?

Gibt es Neues von Marie?
Sie hat doch ihren Job verloren,
ich sah sie dieses Jahr noch nie,
doch irgendwie kam's mir zu Ohren.

Sie hat es dann nochmal versucht
und hatte leider gar kein Glück,
denn wie es in den Wald rein ruft,
so ruft er irgendwann zurück.

Tja, was soll man da noch sagen,
kein Wunder ist ihr Mann verschollen,
es reicht halt nicht nur rum zu klagen,
man muss es auch genügend wollen.

Liebesgedicht IV

Da war ein Mädchen, wunderschön,
ich konnte sie auf Fotos sehn,
mit ihren Beinen bis zum Boden
und ihrem wundervollem Haar
das ähnlich dem der Werbung war.

Sie schien gescheit und auch kokett,
in jeder Hinsicht, einfach nett,
mit müdem Lächeln
wirkt sie ein wenig wie ein Reh,
mit ihrer Haut, so blass wie Schnee.

Ich traf sie dort, im Internetz,
wo ich seither die Tage sitz
und ihr Körper ist so makellos,
hab Fotos von ihr stets im Blick.

Es war Liebe auf den ersten Klick.

Blockiert

Ich fühle mich so sehr blockiert
und's knabbert an der Lebenszeit,
ein Taugenichts, der nur tendiert
zu Ideen lausigster Losigkeit.

Zu fest der Knoten ihn zu lösen,
zu eng die Nische durchzugehen,
nur die Gefahr sanft weg zu dösen
und ewig am Beginn zu stehn.

Wie ein Wörtchen in der Klammer,
dem jeder Ausklang fest geballt,
im Zentrum einer Echokammer
auf Ewigkeiten widerhallt.

Traurig, doch dabei wird's bleiben,
auch wenn du mir jetzt böse bist -
ich werde dies Gedicht nicht schreiben,
weil es mir nicht eingefallen ist :(

Den Rest

Auch wenn schon das Ende naht,
ich lieb' es neben dir zu liegen,
wir zwei zu dritt an einem Draht,
so verschworen, so verschwiegen.

Was haben wir uns weggeschmissen
aus den Zügen ins Schachmatt,
wir wissen was, was sie nicht wissen
und wer die längste Nase hat.

Mit dir verbring ich gern den Rest,
fern von Unheil und Gewimmel
und bau beim Garten unser Nest
unter unserm Aluminiumhimmel.

Irgendwann

Auf einer Kugel in unendlichen Weiten,
begann ein Volk sich auszubreiten,
es kämpfte hart ums überleben
und dies blieb in seinen Genen kleben.

Sie schienen einst so fortgeschritten,
bis sie sich um die Länder stritten,
mit Torschlusspanik und mit Gier,
zu viele Toreros, ein einziger Stier.

Mit Seinesgleichen eng im Bunde,
ist man rasch der Mann der Stunde
und wie der Stumpfsinn mal begann,
so hielt er auch bis heute an.

Nach der Hetzjagd, nach dem Köpfen,
begann man Werte zu erschöpfen,
bei dieser Vielfalt, Kraft und Leuten,
liegt nahe sie auch auszubeuten.

Nach uns die Sintflut! hörte man rufen.
Denn wir sind die, die alles schufen!
Schnell, schnell, lasst uns alles durchleben,
bevor sich hier die Zweifel erheben!
Lasst uns horten was man nur kann,
bevor alles endet, irgendwann!

Sie gruben letzte Schätze noch aus,
gefeiert von schallendem Massenapplaus
und bald schon gab's nichts mehr zu holen,
hier, dazwischen, oder an den Polen.

Ein Kleid

Ich sah ein Kleid, mit Pyramiden
und hab dabei an dich gedacht,
dabei war es längst entschieden,
ich hätt es dir nicht mitgebracht.

Eines noch mit Blumenblüten,
hab auch da an dich gedacht,
an Reste, die im Feuer glühten,
draussen, in der Sommernacht.

Da war ein Kleid, weiss wie Blei,
wohl nur für einen Tag gedacht,
trägerlos und schleierfrei,
womit man sicher Dinge macht…

Eins der Kleider, eher schlicht,
es trug den Ton von Regentagen,
vom Schweigen das man nicht zerbricht,
mit Nähten die den Stoff nicht tragen.

Ich war nicht da um einzukaufen,
ging nur etwas vor mich her,
hab mich dann dahin verlaufen,
doch weiss, was es geworden wär.

Der Drogist

Hier sind Krücken für ihr Bein,
Tabletten gegen Nierenstein,
frischen Gips für ihren Arm
und irgendwas von Ratiopharm.

Zweimal täglich daran saugen.
Dazu Gläser für die Augen
und für das lahme linke Bein,
noch ein Zäpfchen hinten rein.

Etwas Balsam, das beseelt,
womit man sich niemals verwählt,
auch täglich etwas Sonnenschein
und ab und zu alleine sein.

Dreimal die Woche langes Schlafen,
mit den Leuten die sie trafen.
Das Rezept wär unterschrieben,
netten Gruss an ihre Lieben!

Dinge

Weil irgendwo ein Knall geschah,
die Dinge sich aneinander rieben,
waren lauter Dinge aus Dingen da,
die aneinander kleben blieben.

Die Dinger wurden immer mehr
und gewannen an Gewicht,
sie füllten, was zuvor noch leer
und scheuten diese Lasten nicht.

Und jetzt, wo alles schwer erscheint,
sich zu weit aus dem Fenster lehnt,
erkennt man, es ist gut gemeint,
wenn ab und zu ein Dingchen geht.

Wenigviel

Wenn in mir drin das Ührchen schreit:
Nutze deine Lebenszeit! -
dann kam es schon mal häufig vor,
dass ich daran die Lust verlor.

Ich wälzte mich in grosser Not
durch des Westens Angebot
und in mir hat es oft gedacht,
dass nichts davon mich glücklich macht.

Für blinde Augen, taube Ohren,
Feier, Fussball, Sex, Motoren,
sehr viel Laster, wenig Zeit
und Diebstahl der Gelegenheit.

Ein seidner Strick um jeden Kragen
mit genügend Zeit - sie totzuschlagen,
eine Hand voll Scheine, leere Hüllen
und noch mehr Scheiss - sie aufzufüllen.

Und literweise Spirituosen
in vorzugsweise grossen Dosen,
viel Ekstase, Brot und Spiel,
es gibt dem Geist nur wenig viel.

Ich habe dann bald festgestellt,
dass alles das mich unten hält,
ich stellte mir oft selbst ein Bein,
bis ich begann ich selbst zu sein.

Es glitt mir bald aus meinen Händen,
zwang mich dazu mich abzuwenden
und irgendwann, kam ich da hin,
zum umstellten Ding, das ich heut bin.

Der Mixer (Mail an Thermomix DE)

Meine sehr geehrten Damen und Herren,
ich hab kürzlich Ihre Werbung gesehn
und zugegeben, ich war gerührt
und konnt dem Kauf nicht widerstehn.

Ihr Mixer, einst ein gutes Stück,
macht, nach mehrfachem Gebrauch,
Geräusche, wie ein Mann beim Kacken
begleitet von Klamauk und Rauch.

Auch das Gehäuse schmilzt dahin
und die roten Lämpchen brennen,
es half auch nichts, wie vorgeschrieben,
es vom Stromnetz abzutrennen.

Was mich daran am meisten stört
ist nicht, dass dieser Mixer brennt,
aber, dass er sich wie ein Hirsch anhört,
dem man seinen Sack abtrennt.

Was soll ich als Verbraucher denken
und was geben Sie mir zu verstehen?
Oder ist es nur ein weiteres Indiz dafür,
das es Zeit wird, dass wir untergehen?

Hochachtungsvoll
Simon Ackermann

Antwort von Thermomix DE

Lieber Simon, mit grossem Bedauern lesen wir
von dem Unglück, das dein Gerät befallen hat.
Ist es wirklich so, dein neuer Thermomix®
ist tatsächlich platt?

Gerne möchten wir helfen,
dich in unserer EDV aufrufen,
doch dazu wollen wir nicht raten:
Dazu benötigen wir deine Rechnungsnummer
und deine vollständigen Daten.

Deshalb bitten wir dich, uns all dies zu senden.
Dann wird es uns vielleicht gelingen,
den Untergang noch abzuwenden.

Viele Grüße
Moderationsteam

Antwort an Thermomix DE

Gelangweilt von mir und meinem Leben,
ich hoffe, dass Ihr Spass versteht,
ein wenig macht es mich verlegen,
denn in Wahrheit hab ich kein Gerät.

Antwort von Thermomix DE

Kein Brand? Kein Rauch? Nichts schmilzt,
kein Untergang?

Das ist gut, wir fürchteten schon,
dieser Abend wird lang.
Dann sind wir ja erleichtert,
können Entwarnung geben
und uns ruhigen Gewissens zu Bett begeben.

Doch bei einem können wir helfen,
gib uns einfach Bescheid:
Soll ein Thermomix® her,
dann stehen wir gerne bereit!

Was wir bräuchten

Die Spannung, die wir dringend bräuchten,
kein Wasser, dass zum Halse steht,
kein Donnergrollen, Wetterleuchten,
nur Zeit, die nicht so schnell vergeht...

Die Tage, die wir dringend bräuchten,
kein verschlafen, keine Pflicht,
auch wache Augen, keine feuchten,
ein Etwas das den Kreis zerbricht.

Was wir beide wirklich brauchen,
kein Wind, der uns entgegen weht,
vielleicht ein wenig ab zu tauchen,
ohne das die Welt sich dreht...

Wir geben gerne unser Leben,
vielleicht, vielleicht kommt's dann soweit
und man belohnt das ganze Streben
mit einem Sekündchen Ewigkeit...

Die vier Säulen

Vier Löcher habe ich gegraben,
gut und gern drei Meter tief
und diese Löcher werden tragen
die vier Säulen, die ich rief.
Die erste Säule gleicht dem Stolz,
denn sie trug schon manche Last,
hat viele Kerben, tief im Holz
und wurde mehrmals angepasst.
Die zweite Säule, das Gewissen,
trug ein Seil, nur ohne Zweck,
es wird mich niemals tragen müssen,
daher kann das Seil auch weg.
Die Dritte Säule, die Vernunft,
ist nur eine unter vielen,
doch wird für meine Unterkunft
eine tragende Rolle spielen.
Die vierte Säule, das Vertrauen,
wird als letzte noch versenkt,
um dann darauf neu aufzubauen
ein Häuslein das am Himmel hängt.

Sporen

Erst letzte Woche wars gewesen
ich hab von einem Pilz gelesen,
und erstmals als sie ihn entdeckten,
war in den Köpfen von Insekten.

Der Pilz hat sich dort eingenistet,
er hat das Tierchen überlistet
und hatte vor dort zu verweilen
um ihm Befehle zu erteilen.

Das Hirn, befallen von den Sporen,
hat seinen Willen ganz verloren -
und der Beweis hat es beteuert,
die Köpfe waren fremdgesteuert.

Dem Pilz, in seinen Hirn-Enklaven,
gelang's, das Völkchen zu versklaven,
denn quasi in der Birne weich
erbauten sie sein Königreich.

Es war erst kürzlich, als ich sagte,
als jemand mich dazu befragte:
Hör, auch wenn's dir nicht gefällt,
so ähnlich funktioniert das Geld.

Sport

Im Januar sagte sie ganz klar
und ich, gewiss, nahm sie beim Wort,
obwohl sie nicht sehr sportlich war,
im Februar startet sie mit Sport.

Im Februar war es dann so weit
und beinah zog sie auch schon fort,
doch schöner wär es doch zu zweit,
alleine - wär es Einzelmord.

Im März fand sie die Partnerin,
die flinke Hose war besorgt
und beiden stand danach der Sinn
nach Marathon und Weltrekord.

Doch danach wurd es erst Mal still,
der Chef gab ihnen selten frei,
drum wurd es nichts mehr im April,
doch umso mehr - bestimmt im Mai.

Getrotzt jedoch, der Überschwang,
verhindert blieb der erste Schritt,
bis Juni hielt der Regen an
und nahm mit sich den Juli mit.

Dann im August hiess es salopp,
käm' des Weiteren dazu
das perfekte Trägertop
mitsamt dem besten Läuferschuh.

Im September rief sie mich kurz an
und sagte, wenn sie sich nicht irrt,
sie nächsten Monat starten kann,
weil dann ihr Zeug geliefert wird.

Dann, als es ankam, sagte sie
und gab mir somit auch den Rest,
sie intressiere sich nun mehr für Ski,
doch wär ihr Zeug nicht winterfest...

Symptom

Dem Austausch sei es wohl gedankt
und langsam dämmert, wie verrückt
die Menschheit am Symptom erkrankt
und ihrem Schuh, der ach so drückt.

Auf sanften Sohlen, auch sehr leisen,
errichten sich die Mauern schon
um jene, die die Leiden speisen,
herab von ihrem Schädelthron.

Es locken noch die tausend Wonnen,
tief in Zeit und Druck verstrickt,
doch hat bereits ein Krieg begonnen
zwischen Frieden und Konflikt.

Im Grunde ist es uns zu danken,
wir liessen's zu! Jetzt simulieren
sie Schuldenstaat und Notenbanken,
die kräftig auf uns onanieren.

Jetzt lähmt uns Panik vor Verlust,
die Angst, dass unser Zweigchen bricht.
Wir haben davon nichts gewusst -
Doch die Unwissenheit,
sie schützt am Ende
uns von ihren Folgen nicht.

Die Metzgerbrüder

Zwei Brüdern, aus der Altstadt Wiens,
eines eingefleischten Metzger-Teams,
hat folgendes sich zugetragen,
in diesen ersten Frühlingstagen:

Mit Marinade, Kräuterbutter,
ein Träumchen jeder Single-Mutter,
so schmückten sie das tote Rind
und schenkten Würstchen jedem Kind.

Ein Güte-Garant, mit Qualitäten,
mit einer Vielzahl Spezialitäten,
so waren beide weit bekannt,
mit saub'ren Schnitten ruhiger Hand.

Und dennoch waren's harte Zeiten,
es gab zu viel der Köstlichkeiten
und war im Fleisch noch Leben drin,
so schauten sie gern näher hin.

Was irgendwann auch dazu führte,
dass es den einen zu sehr rührte,
verfehlte seinen Schinken knapp
und schnitt sich einen Finger ab.

Wie Brüder halt zu spassen pflegen,
der Finger lag nun sehr gelegen
bei Wurst im Fach und dazu führt -
wenn man die Triebe zu sehr spürt.

Das Brötchen

Meine sehr geehrten Damen und Herren,

Ich war durch Ihr Geschäft gelaufen
um ein Brötchen mir zu kaufen
und im Regal vis à vis vom Quarke,
war dies eine mit der Edelmarke.

Es tat mir schon der Hunger Not,
also nahm ich jenes Brot
in die Hand, verliess das Haus
und checkte an der Kasse aus.

Ich war danach im Park gesessen
um das besagte Brot zu essen,
es war mit Butter und mit Schinken,
von Tieren die nie wieder hinken.

Es hatte mich schon schikaniert,
denn das Brötchen war lackiert!!
Eingelegt! In Treibhausgas!!!!
Wie ich es auf der Packung las!!

Es reute mich um dieses Schwein
und ich schaute in das Brot hinein,
du armes Tierchen unverdankt...
bist du in dieses Brot gelangt.

Auch der Salat gab zu verstehen,
er musste viele Dinge sehen,
ging ganz gewiss durch viele Hände
und fand in diesem Brot sein Ende.

Ich fragte mich, wie kann das sein?
Was fällt den Herren Händlern ein?
Und es war nicht das erste Mal!
Die Scheisse war immer schon katastrophal!

Ich hoffe, dass Sie mit diesem Schreiben
Ihren Müttern das Gesicht einreiben,
sich dann auf Ihr blödes Laufband setzen
und mittelschwer am Bein verletzen!

Liebe Grüsse

Auf dem Bau

Heute früh, beim Bau am Haus,
da brach totale Panik aus -
Auf dem Dach und im Gerüst,
irgendjemand wurd' vermisst.

Die Arbeit konnte nicht beginnen,
an den Wänden und den Rinnen
und lange Zeit war gar nicht klar,
wer tatsächlich der Vermisste war.

Bald darauf fiel einem ein,
es konnte doch nur eine sein,
die Neue, die so selten sprach
und früh mit allen Sitten brach.

Von allen konnte sie am besten
Wände, Böden, Türen messen
und stand der Winkel zur Debatte,
war sie es, die die Masse hatte.

Doch sie liess ein Briefchen da,
wie man dann im Kästchen sah
und ich nahm es in die Hand,
las vor was drin geschrieben stand.

"Liebe Freunde und Kollegen,
wohl fragt ihr euch warum, weswegen
bin ich nicht auf dem Bau erschienen,
um uns die Löhne zu verdienen.

In diesem feuchten Loch zu schuften,
der Arsch zu sein, nur ohne Lohn,
da blieb mir nur noch das Verduften
als Teil der Burn-Out-Prävention.

Ich sah wie schief die Werke standen,
für die wir auch noch Geld verlangten.
Wohl sehen wir uns bald schon wieder,
doch ich lege jetzt die Arbeit nieder!"

Lieber Gruss, in stummer Klage
Gezeichnet

Das Bläschen, aus der Wasserwaage